U0069141

有光

溫喜晴 文／圖

吉光片羽

起心 ⟋ 動念

科學研究發現人類大腦中複雜的神經元網絡與宇宙間星系網路竟有諸多相似性，可以說我們的大腦有著星系一般的網狀構造。

造物主，以語言建構出宇宙，建立在數學基礎上，這是我們小腦袋瓜可以理解的範疇，但祂遠遠超過。

本詩集以祂給我的小宇宙，盡力捕捉即逝的點子流星，踽踽在銀河中摸索，希冀以管窺光。

淨光高處，是我對祂的嘆詠。
孩算風光，記錄身為人母後，內在小孩與孩子們的成長路徑。
光怪陸離，只好寄情於字裡行間。
電光石火，愛戀因短暫而迷人。
吉光片羽，關於創作的血與淚。

身為一枚略懂文字的設計師，文字設計是我的心頭好，能夠圖文並行、淋漓抒發生活中的浮光掠影，是此回創作的起心。

繁體字真無敵美，能象形指事也可會意形聲。我以詩名，拿捏文字表象和意義，嘗試在具象與抽象間尋見亮光，給閱讀者更多的空間動念。

生活的各種阿雜堆積成一堵高牆，創作是苦力活，一字一句地刻劃鑿壁引光，透進黯黑密室。因為有光，不再孤獨，因為有你的凝視和共想，我們彼此星系的網絡因此連結。

惟願我的起心，打開你的動念，走出柳暗，進入花明。

淨光高處

/ GOD is light /

光譜

我凝視祂的話語
像聆聽三稜鏡發出的聲音
光透過折射
形成色彩的樂譜

紅是洗淨罪污的血流
唱 do 是新生命的起音

橙是可口宴席吃到飽
唱 re 是有力氣準備奔跑

黃是祂理解的微笑彎彎
唱 mi 是被馴服的眼睛眯眯

綠是溪水邊草如茵
唱 fa 是不再流浪有個家

藍是喜樂河裡魚群蹦跳
唱 sol 是擁有太多只想給而無所求

靛是祂朝我走來的深邃海面
唱 la 是夜黑浪湧中的讚美

紫是冠冕鑲嵌的寶石
唱 ti 是榮耀的高音

聽啊
七彩分部合唱
唱的是祂創世前寫成的情歌

痛苦和喜悅交織
光芒　　　萬丈
只要我們定睛看祂

＃神說， 要有光，就有了光。

/ questioning /

問問

每扇門
都是出口
通往地獄或天堂
去哪兒
端看提問的姿態

問別人
「找誰負責？」或
「我該負責什麼？」

問上帝
「為什麼？」還是
「怎麼做？」

問自己
「做什麼？」不如
「是什麼？」

每扇門
都是出口
想去哪兒吹風
先問問題的模樣

/ naming /

命名

香味濃密的森林裡
亞當正在為動物取名字
每樣新的生物
咕溜著眼睛依序排隊來找他

「你就叫做蛇吧！
和你發出的聲音一樣。」
「你叫做大象，
你不大誰大呢？」
「你嘛，叫做花豹，
黑色的花在沙漠裡盛開。」
溫柔的爪子
潔白利齒
被繁盛的皮毛簇擁著
亞當還是覺得寂寞

睡醒後
亞當腰邊有道美麗的疤
全新物種
手指纖纖髮長裊裊腰肢娉娉
佇立眼前

「嗨，初次見面，
你叫夏娃，是生命。」

後來怎樣
大家都知道了
就像亞當知道太多
比如知道裸體必須羞愧
比如知道上帝高貴我猥瑣要躲起來

捉迷藏的遊戲結束
他們被森林吐出

亞當知道了
要吃飽得工作到日落
工作會流汗

汗
是會臭的
而生命呢

新生命誕生時
血是火山噴發
岩漿滾燙產道
陣痛是淺層七級地震
五官都要扭曲

疼痛如果有名字
應該叫作「啊」
淒厲地尖叫
由強到弱
稚嫩的哭聲
由弱到強

「嗨，初次見面，
該為你取個名字了！」

#生命是用命生的

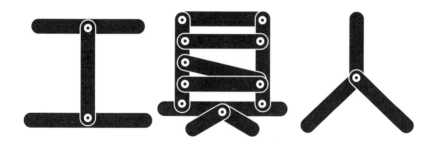

/ the errand runner /

工具人

真的好討厭你們要幫忙才找我
有好吃好玩好康的都不揪
平日沒問候
一傳訊就要我做這幫那
再這樣下去
我要封鎖妳的賴
把你設為黑名單

但後來想想
我也這樣對祂呀
錢不夠用家人生病工作不順
才找祂幫忙
平日只顧玩耍
鮮少找祂說說話

穌哥是工具人南霸萬
雖知愛不對等
仍願清償你我欠下的爛帳
且為我們說的每句情話
裱框

今天再請工具人為我上緊螺絲

19

/ h e l l /

地獄

地獄裡有光嗎

你說
在黑暗中行走的百姓看見了大光
住在死蔭之地的人有光照耀他們

地獄裡有光嗎
有光的地方還會是地獄嗎

在日光與黑夜的交界處
只有犬吠聲
言語被嚴密防守著
無法歌唱

我　　　愛　　　你
是菜渣卡在牙縫裡
不清掉就蛀牙
疼起來要人命

地獄裡有光
肯定不是肯定句

而我開始懷疑
其實我不愛你
有懷疑的地方不是天堂
肯定是肯定句

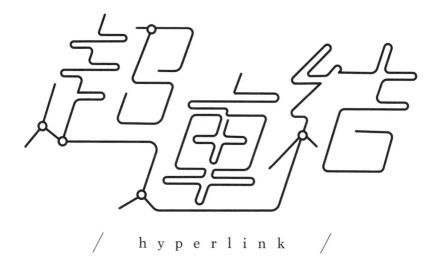

/ h y p e r l i n k /

超連結

只要找到正確的五個人
我們就能連結

/ 六度分隔理論 /

為了聯繫祢
我得認識五個人嗎
要透過神父才能來告解嗎
要通靈少女才能趕污鬼嗎
要牧師講道才能悟真理嗎
要占星專家才能知天命嗎
要高僧念經才能消業障嗎

還是更簡單點
在生命語法裡新增一行
耶穌超連結

何時何地
開啟連線模式就能找到祢

找到
萬物起點宇宙盡頭
結束迷路的浪流

hyperlink   higherlink

語言

/ languages /

語言

在高聳的巴別塔上墜落後
口音碎裂一地
轉變成各種礦物質

綿密白軟的高嶺石是漢藏語系
人極飢餓時當飯吃

印歐語系是水雲母
散發珍珠光澤
孤高絕緣

尼日剛果語系和火山岩交配
誕生蒙脫石
是專治母親的頭痛藥

閃含語系被擠壓成長石
用來探測地殼年齡
考古星球

高嶺石水雲母蒙脫石長石
磨碎攪拌拉扯拍打再揉和
成坨巨大的陶土
經過歷史的高溫
戰爭的烤爐

在祂手中
形塑為一個碗
乘載溫熱的湯

喝下之後
是謊言還實話
再也不用翻譯

事實上就算講同種語言還是零交流表錯意

/ s h a d o w   o f   t i m e   /

光陰

光投射在物體上
形成陰影
物體越大
影子越大

光映照在老我上
形成陰影
老我越小
影子越小

陰影裡有些細節在蠕動
如果我們夠勇敢
定眼觀看
會發現是微微的惡念

別
小看它
那是所有巨大懊悔的起頭

時間是一種貨幣
投擲於空間
致力在陽刻或是陰刻
罷了

\# 愛惜光陰是懂得時間投資學
\# 敬請購買永恆屬性標的物

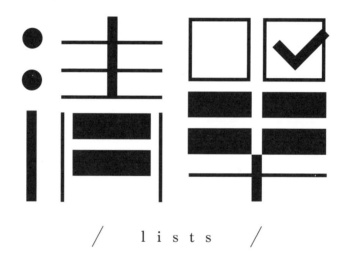

清單

/ lists /

清單

野花在草原上
寫下會議清單：
- 討論春季時尚週的治裝費
- 表決流行色

雲朵在天空上
寫下造型清單：
- 晨起毛卷雲
- 午後魚鱗雲
- 傍晚饅頭雲

落葉在河面上
寫下心願清單：
- 想去大海看飛魚跳日暈

積雪在馬路上
寫下待辦清單：
- 讓五輛汽車打滑
- 造成一位路人跌跤

至於
天國大飯店的入住清單
新增了哪些名字
與我們在心頭上寫下的禱告清單
雖然不完全等號
但絕對正相關

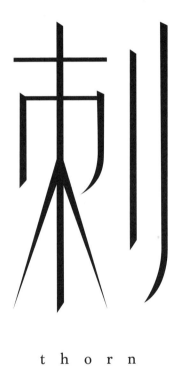

/ thorn /

刺

並非是尖銳
造就了疼痛
是羞恥感

野獸沒有名字
牠們不咆哮
專職嘲笑
上下雙排利齒一張口就有血喝

愛能遮掩許多罪
卻不是全部的

我們越來越衰弱
無法分辨是刺還是盾
是毒藥還是解方
該留下還是叛逃

你恨的
從來不是傷害你的人
是器皿內載的
幾發偽裝善意
一把武裝柔順
數枚改裝真理
夾帶
過度包裝的贗品

我們越來越衰弱
因爲
無法分辨刺在眼中
還是橫鯁在喉

所以有一根刺加在我肉體上，就是撒但的差役要攻擊我，免得我過於自高。

（哥林多後書 12:7）

/ thread /

線

有條線綁住了我
於是我不會跑太遠
跑去黑暗裡有大窟窿的路上

如果離懸崖靠太近
這條線會鞭打我的腳踝
刺痛感提醒我
靠近毀滅的深淵

有條線環環框住我周圍
日間有門，我能出去探個險
傍晚發光，閃著閃告訴我回家囉
深夜通電，不讓貪狼餓獅侵入

有條線在曠野
忽明忽暗
有時繞成一句話
有時帶我去看回夢劇場
有時是個謎題形狀
解開比喻就能得到
牛奶和蜂蜜吃到飽兌換券

有條線是跳繩
讓我練習後，好長更高，看得遠些

有時是彈性繩，可以拉筋骨，擴胸腔
不再小鼻子小眼睛
肌肉強健了，我就能背起受傷的人
走去找醫生

有條線
是起跑線
也是終點線
卻
始　終　不離

孩算風光

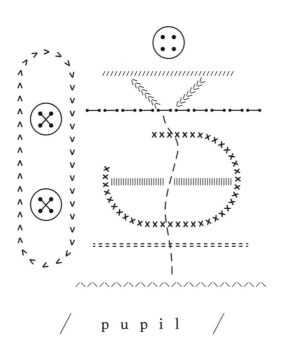

/ p u p i l /

瞳

什麼時候老去的

不好意思說無聊把自己塞在乾笑裡
在意鈕扣掉了

唱歌時身體停止擺動
看不懂雲朵的幽默

開始擔心自己過胖
吃安眠藥睡著而不是服用睡前故事

線縫歪曲無所謂

吃到好吃的東西不會拍手的那瞬間
目睹了老去

/ whale /

鯨

本是隻小小小魚
逆流而上
奮力跳進京城的門
以為就此幻化成龍
颯颯穿過峻嶺
獵獵飛越大川

萬沒想到
變成了鯨魚
攘攘擁擠其他巨大的身軀
嘈嘈掠奪食物

夜裏潛入深海
發出高頻的聲音
企圖尋找知己
漸漸懷念以前少少的自由
簡單的快樂
還是條魚的天真

\# 唯有讀書高是要逼死誰
\# 只為考試學習當然不開心
\# 你若要當條快樂的小魚我無妨

聽話

/ obedience /

聽話

有人問我
你的母親是哪種花
我想了許久
找不到解答

後來領悟
我的母親是棵樹
即使不高大
她仍努力張羅枝葉
為我們遮擋生活裡的
灼灼烈陽

她說出來的話
有時像盤涼拌苦瓜
不可口但強心臟

孩子們啊
不要只有母親節才想起她
蛋糕三不五時買回家
鮮花四季都有
帶束送她滿室芬芳

最重要的是和她說說話
聽聽她說話
偶爾
乖 乖 聽話

模糊

/ blur filter /

模糊

孩子的胸口起伏
像是海浪一波又一波
緩慢湧上岸邊
此時他的腿正
慢動作拍打海面
瞇著眼仰泳
因為天上的兩個太陽過於刺眼

我用指紋
一圈又一圈撫摸樹的年輪
像指針在唱片上行走
整座森林
響起鳥鳴蛙叫風吹
葉子的笑聲

夢是濾鏡
模糊了
還有衣服要洗垃圾要倒
郵件得用官方說法
許多筆帳該分期付款還是乾脆遺忘的
清晰

虎媽 /tiger mom/

虎媽

我不會一直在你身旁
常態是不在場
你得獨自辨別惡魔偽裝的天使
結構式霸凌是那座無人島上的監獄
只有鎖沒有鑰匙

無助是貼身衣物
你必須學習和它和平共處

我不會再和你促膝禱告
選擇自行逐字
默念禱詞　在第四度空間
直到你發現所有的安慰不過是
聲嘆息
直到你身體領會
成長的疼痛比想像中更加劇烈
不得不向
永恆的膀臂跑去

我不會說自己是虎媽
雖然我的爪子尖銳利牙昭彰
但也不再為你狩獵
你得明白獵物跑得比你快
是時候你該
發達發達你的腦袋

我不會描述這世界多麼美麗
因為你勢必會愛上他
將你的信任全盤交託後
再被全然背叛

詐騙集團也許能踐踏你的自尊
奪走你的熱情或大好時光
像當初騙取我的一樣

但他們將無法拿去
我徹夜等你歸來的白髮
編織而成的華冠

#虎毒不食子虎媽不捨子

猜拳

/ p a p e r - s c i s s o r s - s t o n e /

猜拳

排隊無聊和你玩猜拳
剪刀贏布
布贏石頭
石頭贏剪刀

贏贏輸輸贏
厚你慢出
這局不算喔

還是跟你玩好
大人們玩猜拳要喝酒不然得脫衣
傷身又傷心

還是跟你玩好
頂多生氣嘴嘟嘟
巧讓幾局又轉笑

很多年後
我們還會玩猜拳嗎
讓剪刀是剪刀
不是兩相好四逢喜
好嗎好嗎

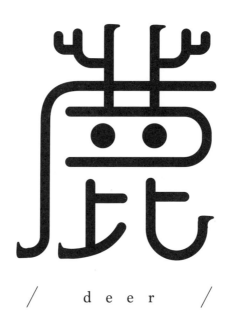

/ d e e r /

鹿

班上練習話劇
老師要你演隻鹿
鹿的眼睛圓圓，繞啊繞
走起路來蹦蹦，跳啊跳
的確和你一個樣

鹿啊鹿啊
你會在哪條路上奔跑呢
Deer, my dear
Don't be afraid of doing anything wrong
Just run run run

路啊路啊
你的風景有多美麗呢
Deer, my dear
Not everything comes out right
Just try try try

/ j i o n g /

囧

是拿捷運卡在公司刷卡機前納悶沒反應
是和現任去旅遊在車廂裡與前任巧遇
是看電影錯拿隔壁的爆米花且吃了半桶才發現
是打電話訂早餐流利念完清單後對方說小姐打錯了
我們這裡是計程車行

絕非方臉人的特權
毫無年紀限定
不只迷糊而已

囧海八荒總有同鄉

當媽後囧宇宙無限擴張

/ tail /

尾巴

我要聽睡前故事啦
好啊你躺好
眼睛閉上我就開始講

很久很久以前的人類有尾巴
所以褲子裙子要設計一個洞讓尾巴露出來
穿格子西裝的男人是鱷魚尾巴
和他的金邊眼鏡很速配
穿牛仔洋裝綁白絲帶麻花的少女
有條蓬鬆的白色貓尾巴隱約些許灰
當尾巴像鐘擺盪呀盪
就透露她的不安

尾巴很好用
特別是你兩手拿滿東西的時候
如果有猴子尾巴
可以拉住調皮的小孩
在他撞到郵箱之前

為什麼我們現在沒有尾巴了
因為太多人跟上帝許願希望尾巴能消失啊
畢竟尾巴透露太多秘密

比如狐狸尾巴毛色亮麗
在陽光下閃耀金光
卻要忍受別人指指點點
說她破壞家庭

咦
要不是有男人是豬尾巴
狐狸尾巴再怎麼美麗也吸引不了誰啊

光怪陸離

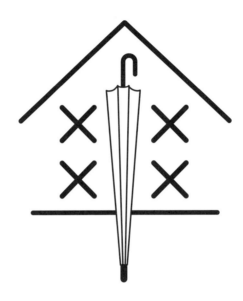

/   u m b r e l l a   /

傘

角落放了把傘

雨天說偏頭痛
烈日曝曬說皮膚過敏

過些年
大家就忘了有角落
忘了還有把傘

傘也忘了
自己能為別人遮陽擋雨

以為誕生
是為了遺忘
或是被遺忘

#職場冗員可以裝滿一傘桶

/ cause and effect /

因果

倍覺窮困所以忙碌
因為忙碌
結果更窮困

嫌人討厭所以謾罵
因為謾罵
結果更惹人討厭

心生恐懼所以武裝
因為武裝
結果更恐懼

欲解孤單所以戀愛
因為戀愛
結果更孤單

深感無知而閱讀
因為閱讀
結果更無知

/ g o o d   w o r d s /

說
好

說好了
讓我們練習沈默
沒有把握
言語出口是朵溫柔的花
之前

我們該緊閉雙唇

太多的聲音搶著被聽見
口水化武四射
指控地雷遍佈
裝滿情緒字眼的機關槍
噠噠噠噠

說好了
煙硝之處
讓我們
把話 說好

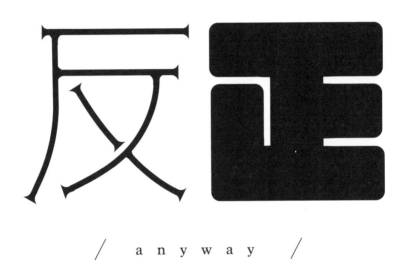

/ a n y w a y /

反正

以梅子醃漬鹽
勾選正確的答案要扣分
我把怪獸吃了

黑暗的極刺眼

鑽石拿來生火烤肉
炭鑲在六爪戒台
說對的事被嘲笑

用盾刺矛
拿生魚片刀切開飯放在魚肉上

沈默的極喧囂

衣服把我穿了
行李帶著我遠行

/ lies /

謊言

上引號
下引號
框住一畝荒蕪的田
口水再怎麼大量澆灌
也長不出作物

你的演說
在時間膨脹中失去幣值
肘關節手啊膝蓋腿啊
正歷經退化
舌頭卻光速進化

我不會指認謊的特徵

真相失蹤了
無人報案
也就無人協尋

而信任是什麼

只有回音
在山谷裡
什麼什麼

煩 fire

/ irritation /

煩

煩是星星火
燎原後
燒滅日記的頁
吞沒語言中樞思考神經
留下焦黑無法指認
曾經安臥的本舖

無夢可歸的我
只好和失眠比煩

划划酒拳
吃他幾盤熱炒
順便
打包兩袋黑眼圈

/ c l o w n /

小丑

如果執意步上歧路
我們似乎就再也沒機會
坐咖啡桌的兩岸
對望

太多太多時候到嘴邊的話語
硬吞了
無法消化貯藏胃裡
成為乾柴
等待失眠點著肝火
火勢延食道逆流
將心臟反覆燒灼

你笑著說哎你怎麼玻璃心
講兩句也不行嗎

但眾口啊
催逼我走上鋼索

不斷練習平衡
卻在掉落第七百六十二次後
才發現
原來並沒有安全網

掉了一地的
牙齒手指鼻子耳朵大腿腳踝
重新拼湊後
也不用特別化妝
自有一種滑稽

＃練習對嘲笑說笑吧笑吧對啊我是小丑

也行

/ all fine /

也行

工廠的煙囪
製造出積雲
下了一場消極的語
試圖澆熄
燃起的火苗

車廂開離故鄉的月台
看著玻璃將臉孔重複曝光
在綠色稻田閃亮河面剛粉刷過的平房

勇氣的打火石
潮濕了
多雨的城市
就算豔陽也是贋品

五坪套房電視單人床衣櫃茶几
上有雞腿便當
想念母親做的三菜一湯

吃下閉門羹
喝掉整杯的心酸
我得更賣力點

肌耐力的強度
要超前雙親皺紋的生成進度
才行

或是打包
在日落前回家
也行

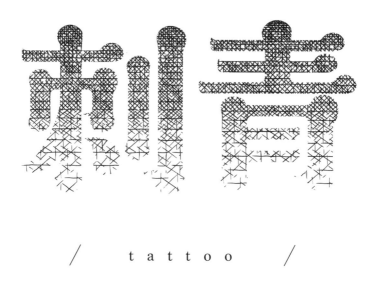

/ t a t t o o /

刺青

- - 破壞- -

得過三劑的疫苗
且過妥協的日子
店面招牌紛紛凋零
旅人密度好比骨質疏鬆
口罩是減法
扣掉口鼻，還剩四竅與外界通聯

病毒無色
卻刺進我們的真皮層
試圖參與免疫系統演算法

生與死怎麼就成為數字
在圖表裡不安份地
　　升
上
　　　　下
　　　　　降

- - 結痂- -

島嶼秀美的肌膚
紅腫
組織液汩汩滲出
不能日曬負重勞動流汗
切記搓揉重複撫摸
並非普通傷口

- - 呈圖- -

喪家承受的劇痛
百行散盡的萬金
　　　　　　　　　換來
巨大蜿蜒的紋飾
纏繞動脈包覆青筋
寫進 DNA 的編碼

最先進的雷射不能除去
突破邊界四處蔓延的圖樣
人們喚其　後遺症

唯有山林滄海
暗自
愉悅沒有光害的壯麗
暢享短暫地寧靜

#2019 爆發疫情迄今仍未消停

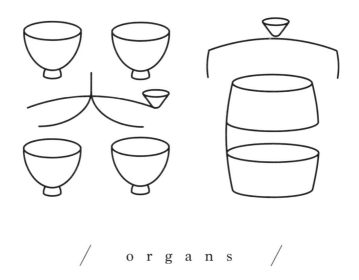

/ o r g a n s /

器官

闔眼躺在床上的時候
五臟六腑
就是盤子和碗
圓的方的大的小的
負責裝盛不同情緒

過多的
怒傷肝
憤怒如果可以發電
我是一隻哥吉拉

不道德的
喜傷心
討厭的傢伙像大雄倒霉時
裡頭那顆胖虎的心臟就用力鼓掌
直到發疼

超量的
思傷脾
所以睡不著來數羊
一隻羊很孤單兩隻羊在冷戰三隻羊沒草吃

無人察覺的
憂傷肺
抽著沒有答案的煙
吐出一圈又一圈的疑惑
思念是工業廢料染黑了肺腺

只要一茶匙的
恐傷腎
最可怕的是
我啥都不怕

#黃帝五經說著老祖宗的智慧
#說著人體是餐桌上頭七情六慾五味俱全

/ sea /

海

大海啊大海　是我生長的地方
海風吹　海浪湧　隨我飄流四方
————節錄自《大海啊，故鄉》，王立平詞曲

大海不預設立場
絕對無黨無國籍
不管什麼顏色的支流交集後
都成為一股黑
且發出惡臭

他以無盡的胃消化
還原成透明無味的雨水

人性是
有土地就有牆
疆界在海上無法生根
妄想以島嶼玩連連看的艦隊聲納
聽見了　海　潮　笑　　聲

權力終將成為
招潮蟹嘴邊的泡沫

/ pampered /

任性

冷氣要設定非常低溫
夏夜蓋冬被才有安全感

明知不能走的路
還去跌倒測試
收集一排烏青貼紙
換取疼痛紀念品

冷氣要設定非常低溫
那麼我的心和體外溫度
才不至於溫差過大

明知莊家手腳不乾淨
還是坐上賭桌
大把揮擲青春浪漫熱血憧憬
賭場老闆說：「你有什麼都可以當籌碼
只有懊悔我不收」

冷氣要設定非常低溫
介於冷藏和冷凍之間

明知承諾即將過期
還硬塞在冰箱底層
放到被時間遺忘
存至被晨曦厭棄
成為一個黑盒子
等待日後解密

醒

/ waking up /

在醒來之前

迴紋針是這樣的
他必須迂迴折返自己
才能夾住一疊承諾
倘若他不覺委屈
旁人的同情也該省下

橡皮擦是這樣的
想要去除他認定的錯誤
至終成就了偽善的優柔
寡斷了該當的罪行

鉛筆是這樣的
用著用著就鈍
生活張口
用特製鋼齒咬磨削利他
預備下場淋漓書寫

尖銳來自這樣的負傷
正義是最極致的謊言
並沒有誰是受害者

北國的風捲來砂礫
一層又一層地打磨夢境之岩
鑿出證言
和一座又一座的雕像

他們艱難地移動手腕
試圖以手語
說出真相
在醒來之前

/ b i r d /

在城市以鳥的姿態

飛到某種高度
各種樓房只剩下頂端一個形狀
看不見浮誇的裝飾帶
或象徵地位的花崗岩片

城市裡最美麗的
不是人造樹林圍成的綠意
那裡的樹口耳相傳有更美好的天堂
渴望自己能喝口沒有污染的雨水

夜晚才是最美的時刻
黑暗把所有的邊際都模糊了
便利商店的燈火
像千顆眼睛鑲嵌在鋼鐵巨獸上

如果運氣好
在夜與日的交會處　有可能會聽到低吼
然而大多時候我只聽到哀鳴

在失去導航的輪廓裡
我分不清楚是霧還是霾
也分不清楚是浪漫
還是傷害

只知道我的肺葉　沿著捷運線黑化
再也
無法感到疼痛

電光石火

女孩

/ girl /

女孩

嘿女孩
我看見妳耳鬢上的細髮
正在和海風繾綣

心事假若消坡塊一座座落堤防
阻絕的是沒有顧忌的海
還是無知的人們踉蹌墜落

恐懼是好的
戰或逃擇一，逃兵往往能看見更多回日出
就讓我苟延
殘喘
遠遠看向你

狂亂的不是我
那是風的調皮打結髮尾
貪婪的不是我
思念是貓步無聲　無息掠過你腳旁
爽約的也不是我
是說好的明天

所以我只好收回那句再見
什麼都不說
也就什麼都不欠

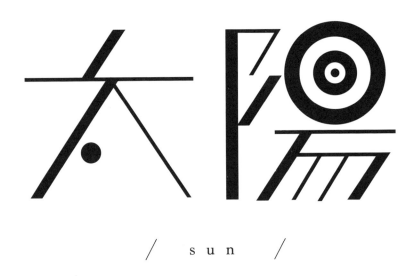

/ s u n /

太陽

我曾經預言過
有天你會想我
特別是多雨天
哎你會想起我吧

偶爾也幻想過
和你走到最後
但無論走多遠
終究得揮手鬆綁

曾是你的太陽
曬乾溼冷荒涼
你卻化身后羿
一箭就把我射下

也好也好
天空塞滿太多太陽
叫人不知如何是好
還是想念就好
遠遠想念就好

也好也好
有時還是困惑叛逃
雨季漫長讓人煩惱
但是想念就好
遠遠想念就好

/ thick fog /

霧

存在著
以溫柔的姿態

你是山峰
我將雙臂圍繞你
水氣潤澤葉的唇
風兒頻頻獻吻

豪雨是討債集團
連日將石頭與樹根帶走
作為抵押
（我早叫你別做開發計畫的保人）

山勢太過嚴峻
無法依偎的我
只好離去
徘徊在高速公路
存在著
以蹲踞的姿態

用路人請小心
能見度不足 100 公尺
情緒很濃
暫時無法散去

情話

/ love words /

情話

情話找錯人說
就成了廢話

情話跟很多人說
就成了謊話

情話不負責地說
就成了空話

情話不說　轉為行動
就成了實話

但我啊我啊
只能把情話寫在紙上
摺艘小船
放在河面
慢慢飄緩緩地流
出海
成了悄悄話

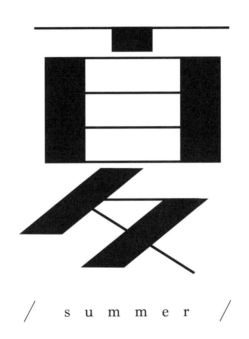

/ summer /

夏

這季決定施作自然農法
和雜草共存

不花時間分辨害蟲與益蟲
省去耕耘的氣力
你來他去
我都好

冰塊在紅茶裡溶解的聲音
驅走了暑熱的噪

一個平凡的早晨
肉桂捲是蝸牛
沿著煉乳的路徑
爬進我的口中

讓我們學習螞蟻
交換情報
冬天來臨以前
勤快搬運夏的汨蜜

/ farewell /

像極了告別

什麼都像極了愛情
但都不是愛

不過一點情半晌慾
頂多再三不五時念想

若有　記憶也好
似無　遺憾也罷
呼喚是人間的一個回音
在忘川擺盪

讓我輕輕喊出你的名
輕舟已過千山
塵埃卻早已
落地

笨蛋

/ f o o l /

真正的笨蛋

有真正的笨蛋
就有假的聰明
適當的疏遠
才能看清楚

有真正的醜陋
就有假的完美
剛好的靠近
才能辨虛實

有真正的短暫
就有假的永恆
合度的位置
才能識真偽

有真正的命定
就有假的巧合
很多年後我才明白
你是姜太公的魚鉤

既然上鉤了
就甘心
當個真正的笨蛋
樂意
欣賞你假的完美

/ skills /

最擅長的事

世界開始傾斜

有些物件太輕
抵抗不住時間引力
滑動　墜落在火湖大坑

人們最擅長遺忘了
好像不曾有那些聚光燈交織過
圍繞在旁的嗡嗡聲　倏地而散

悲情拿來炒作
成盤難以下嚥

把傷口舔乾淨
並不會比較快癒合

何苦強求被記憶著呢
人們最擅長遺忘了
不限定戀愛的事

維他命

/ v i t a m i n s /

維他命

複方是多角關係
吃了這還要補充那
肉食女和草食男
口味迥異
相同在暴食都會消化不良

單方是客製苦味
要配淚水吞服

過敏原資訊：本產品生產製程廠房，其設備或生產
管線有處理渣男心機女，請小心留意

針對關係窒礙倦怠推出糖衣錠
治療疼痛特有感
膠囊包覆微量元素，完整配方
不保證吃了就完整
小分子粉末，加倍濃縮時空
是愛還慾無人究查

舌下滴劑號稱時代科技
線上聊聊就好，見面免談
天曉得果凍條裏加啥香料摻何代糖
讓你口感絲滑不計成效

這座城市裡的愛戀纏綿
任你選擇哪種型態
服用後皆感覺良好
誰又會冒失戳破安慰劑的粉紅泡泡

參考營養指南建議
每日適量想你有益健康

多食無益

Vitamin，音譯為「維他命」是一有機
化合物的統稱。它們是生物體所需要的微
量成分，又無法由生物體自己生產，需通
過飲食等手段獲得。

#同理可證極端自戀的人無需服用戀愛

吉光片羽

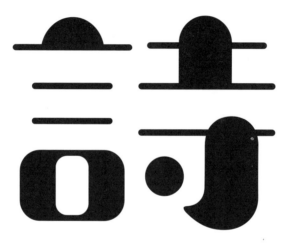

/ p o e m /

詩之千里

斟酌一杯酒
到底要多滿
還是留點餘韻

有時剪剪窗花
摺疊一張紙
隨機的刀裁掉簡單幾何
打開後
虛虛實實 層層疊疊
繁複 隱瞞說不出口的

背對月光
哼唱一首歌
反覆
揣摩萬物的嘆息聲

大多時候
耕種一畝田
等候秋雨唏哩春雨嘩拉

/ p a p e r /

紙本貴族

閱讀小說，只為了找到一個角色
讓他成為我
說出我不敢說的話
走上我沒勇氣走的路

朗讀詩，讓詞藻在心海滋生
看看能否絆住
靈感那狡猾的尾鰭

散文是一種手搖飲
微糖去冰加點口感
好讓任何時段都成為午後
無縫接軌上一檔的七情
打開下一梯次的六欲

無法電子書
我是即將沒落卻驕傲的紙本貴族

/ w i l d e r n e s s /

曠野

砂礫是必要成分
40 號的粗糙面才能打磨驕傲的凹凸
沒有麻藥止痛
當我咀嚼罪的玻璃渣

極乾旱時
幻覺使我看見
熱帶雨林的喬木
拼命地向上爭奪呼吸的權利
如果照不到陽光
就再也無法暢飲下個雨季的喝到飽

模仿使我茁壯
卻扭曲

愚公靠的是信心移山
我的信心
大約是移動一片枯葉就自豪的程度
接著懷疑是風吹動吧

當我大口喝奶以麵包沾蜜
說真的
偶爾　很偶爾
會懷念顛沛的曠野
那時的我瘦削有型
一天可以走好多路

用此生雕刻拋光一個字
要嘛是愛不然是恨
並沒有灰色地帶

＃ 40 號是很粗糙很粗糙的砂紙
＃最好在美地懷念曠野時期就好
＃但最好的作品都是漂流時寫下

/　　　w a t e r　　　/

白
水

不奢求成為你手中的那一瓢

只要你渴了
能夠安心的來杯
無雜質
也不混濁的文字

隨你心的形狀
填滿角落　改變型態

倘若能回甘
更好

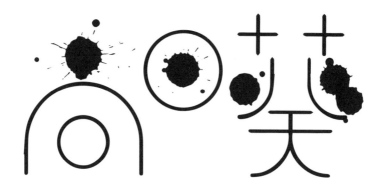

/ s u n f l o w e r s /

向日葵

每當我極度疲倦
就凝視你的畫作
炙熱的太陽在桌上張牙舞爪
燃起的溫度
燒盡荒地上刺草蒺藜

曾經笨拙的筆觸
被嘲笑也不屈服
奮力擺脫疾病的鬼魅糾纏
赤身被貧窮鞭笞
指節嶙峋仍緊握畫筆

後來你尋找光
找到萬種綻放的姿態

很多人惋惜那溢美文辭市場行情
不能成為你生前的富有
但你壓根兒不在乎
是吧

只要有畫筆、顏料和幾張畫布
你就擁有全世界
是啊

惟願荊棘蒺藜與我交戰，我就勇往直前，把它一同焚燒

（以賽亞書 27:4）

很多年前，我去看了梵谷展，展品大部分是素描手稿，沒有太多知名的畫作。他練習的素描裡，人體的比例不大正確，筆觸也顯拙劣，毫無巨匠之風。

那卻是我看最久的畫展，深深為其動心。
好像惟有畫下去，才能活下去的執著，他的執念，徹底震攝我這常常分心的人，好羨慕能為一件事走火入魔的人哪。
甚至，有點嫉妒了。

所以寫下此詩，創作裡的苦悶、疲乏和孤單，我知道他都嚐過，但仍堅持下去。沒有人鼓掌，那又如何，繪畫是他的會話，和世界溝通對談的方式。

如同書寫成為我的輸血，在心如死灰時注入活力、生命。
願我不懼忙碌的荊棘阻擋，不被瑣事的蒺藜困住，一直，一直寫下去。

/ GOD is light /

/ questioning /

/ naming /

/ the errand runner /

/ hell /

/ hyperlink /

/ languages /

/ shadow of time /

/ lists /

/ thorn /

/ thread /

/ pupil /

/ whale /

/ obedience /

/ blur filter /

/ tiger mom /

/ paper·scissors·stone /

/ deer /

/ jiong /

/ tail /

/ umbrella /

/ cause and effect /

/ good words /

/ anyway /

141

/ lies /

/ irritation /

/ clown /

/ all fine /

/ tattoo /

/ organs /

/ sea /

/ pampered /

/ waking up /

/ bird /

/ girl /

/ sun /

/ thick fog /

/ love words /

/ summer /

/ farewell /

/ fool /

/ skills /

/ vitamins /

/ poem /

/ paper /

/ wilderness /

/ water /

/ sunflowers /

Touch 系列 21

有 光

作　　者 / 溫喜晴
社　　長 / 鄭超睿
發 行 人 / 鄭惠文
文字編輯 / 鄭毓淇
美術設計 / 溫喜晴

出版發行 / 主流出版有限公司 Lordway Publishing Co. Ltd.
出 版 部 / 105台北市松山區南京東路5段389巷5弄5號1樓
　　　　　電　　話 / (02)2766-5440
　　　　　傳　　真 / (02)2761-3113
　　　　　E-mail / lord.way@msa.hinet.net
　　　　　郵撥帳號 / 50027271
　　　　　網　　址 / https://lordway.com.tw/

經　　銷 / 紅螞蟻圖書有限公司
　　　　　台北市內湖區舊宗路二段121巷19號
　　　　　電話：(02)2795-3656　傳真：(02)2795-4100

　　　　　華宣出版有限公司
　　　　　新北市中和區連城路236號3樓
　　　　　電話：(02)8228-1318　傳真：(02)2221-9445

初版 1 刷 / 2022年11月
書號/L2206
ISBN 978-626-96350-5-4(平裝)
Printed in Taiwan.

國家圖書館出版品預行編目資料

有光 / 溫喜晴文．圖．－－初版．－－
臺北市：主流出版有限公司, 2022.11

　　面；　公分．－－(Touch 系列；21)

ISBN 978-626-96350-5-4(平裝)

863.51　　　　　　　　111018762